« Des poi
pour rap
les deux lèvres
d'une plaie, faire
couture, cicatrice,
trait d'union: »

PATRICIA HOUÉFA GRANGE

et alors ?

L'ICONOPOP

Kan xoxó nú wɛ e nɔ gbɛ yɔyɔ́ ɔ́ dó
C'est au bout de l'ancienne corde
qu'il faut tresser la nouvelle
Dicton fon du Bénin

Vous retrouverez en fin d'ouvrage quelques notes que j'ai rédigées pour éclairer le contexte et la compréhension de certains poèmes. Ce ne sont pas des notes scientifiques. J'ai tout à fait conscience qu'elles ne sont pas exhaustives. Cependant, j'espère susciter votre curiosité et vous inciter à poursuivre vos explorations et votre voyage, une fois cet ouvrage refermé.

LA BÊTE ET LA BELLE
(et vice-vers[etcéter]a)

Bâtards

Impurs

Mulâtres Quarterons Câpres Cafres Octavons Chabins

Mamelouks Hybrides

Anomalies Monstres Ostracisés Traîtres Honte

Dissonances Monstres

Dégénérés Cafrinés Blanchis

Créatures de l'impossible

Taches Tares

Demi-teintes Difformités

Réprouvés Malédictions Sang-mêlé Racisés

Abominations   Bruns   Café au lait

Contre-nature

Bounty   Oréo

Ambivalents   Semi-animaux   Malvenus

Unions des contraires

Enfants de violence

Symphonie

Enfants violentés

Harmonie

Déroutants

Dérangeants

Métis

PIGMENTS

Papy métis, Mamie noire
Mémé blanche, Pépé noir
Papa et Maman métis

Sur la photo de famille
nos peaux n'ont pas la même couleur

Elles sont tels les motifs écaillés
des pythons royaux
qui enroulent leur flegme
dans le ventre rond et profond
du sanctuaire de Dangbé
serpent sacré
veillé par la basilique

Liens de sang
trait-d'unissent
N-o-u-S

L'ARBRE QUI CACHE LA FORÊT

J'apprends le mot « généalogie »
entre les pages du livret
assemblé par l'oncle
qui retrace en arbre et récits
l'ascendance paternelle

L'image grainée en noir et blanc
d'un monsieur à la moustache amusante
m'arrête

Et lui, c'est qui ?

À hauteur de fillette
je reçois son histoire
comme un conte romantique
que je range dans un tiroir

Il y a longtemps un colon français
a « épousé » une princesse savaloise
puis il a été tué à la place d'un autre
et ton grand-père a grandi sans père

Généalogie
Ascendants
Colon
Mots sans réalité réelle
quand on n'a pas dix ans

OMBILIC

Là sous le vent
mer et feu se sont accouplés
pour engendrer la terre Fogo
île-origine de l'archipel
volcan-nombril du Cap-Vert
étrave des entraves
descendue des cendres
creuset de créolité

Union des quatre éléments
réunion contre-nature
de navigateurs, corsaires, pirates et esclaves

Au pied des versants noirs
ma grand-mère à la peau blanche
ses longs cheveux de sirène cendrés
cabelo bonito suma maria condom

Son verbe acéré
son syllabé qui émiette le kriolu
son déhanché qui chaloupe la *coladeira*
son amour qui mijote
dans la marmite de *cachupa*
dans la poêlée de *pastels* et *rissóis*
ses superstitions païennes et ses prières à sainte Barbe
pendant l'orage

Vénus intrinsèquement syncrétique
venue de la terre noire
ma grand-mère blanche
tout feu tout flamme

EIA !
Chant pour l'Agouda

La terre est rouge sang
le soleil au zénith
fait couler sa sueur
fait flamber sa peur

La terre est rouge
comme son sang
qui perle
goutte à goutte
sur les fers
sur les chaînes

Capturé en pays idaasha
par les *agojie* d'Agadja
vendu place Chacha
peau marquée au fer rouge
sceau, pelure de sang, d'un négrier

Trois jours dans la nuit
des cases de Zomaï
accroupi ferré bâillonné
au milieu de l'agonie silencieuse
de ses frères affaiblis

Neuf fois tourner
autour de l'Arbre de l'Oubli
Trois fois tourner
autour de l'Arbre du Retour
Enchaîné, l'ancêtre marche vers la mer

Et il prie dans sa tête
grand cri sans écho
désespéré et nu
il appelle Shango
il implore Ogoun

La terre est rouge
Le soleil m'aveugle
Je suis sur la plage à Ouidah
Porte du Non-Retour
Ici son corps a perdu ses repères
Ici son âme est partie en enfer

J'ai marché sur
la Route des Esclaves
parcours de latérite
couleur du sang des enchaînés

J'ai refait le chemin
ma sueur mêlée de larmes
au son de la voix tremblante
de mon guide en transe
l'émotion battant dans ses mots

J'avais le cœur éteint
de la tristesse au bord des lèvres
mais pas de haine
mais pas de chaînes
J'ai marché dans ses pas

Place Zomachi
je les ai pleurés les disparus
mais pas de haine
mais plus de chaînes
J'ai invoqué leurs âmes

Je sais que ses petits-enfants
sont revenus au pays
depuis l'au-delà des mers
avec des goûts des couleurs des odeurs
qu'ici on ne connaissait pas

Je sais que ses petits-enfants
ont foulé la terre de leur grand-père
avec des mots nouveaux
Ils ont fécondé cette terre
de semences nouvelles

Je sais que sa nombreuse descendance
en diaspora éparpillée
de cultures et de sangs mêlés
a fait germer le chant
de la sérénité métissée

Un homme noir

a agonisé sous le genou

d'un homme blanc

Et un ouragan mémoriel

secoue toute la Terre

Une colère légitime

déboulonne

débaptise

Quelque chose s'effondre

en moi

Le nom que je porte
de quoi est-il le nom ?

Sur les bancs de l'école primaire publique
de Gbégamey à Cotonou
mes camarades et mes maîtresses
avaient du mal à le prononcer

Les adultes
coûte que coûte
voulaient le béniniser

À l'appel je répondais présente à
« Grangué Patricia »

Les enfants tentaient de lui trouver un sens

Dans la cour de récré je me retournais sur
« Grande Patricia »

Le nom que je porte
de quoi est-il le nom ?

Il est inscrit là sur la stèle
à l'endroit où tu t'es écroulé
Administrateur des colonies
« Mort pour la France »
à Doutou
Il est inscrit là sur ta tombe
dans le chef-lieu du Cercle que tu commandais
à Bopa
Il est inscrit là sur la plaque bleue
Rue de l'Administrateur Grange
entre les quartiers de Zongo et Jonquet
à Cotonou

Le nom que je porte
de qui est-il le nom ?

Toi qui étais tu,
qui étais-tu ?

Unique image de toi
Photo en noir et blanc
Attitude 1900 figée
Bacantes travaillées
à la Belle Époque
Tes yeux y sont muets
Difficile de lire quoi que ce soit
dans l'arc hirondelle de ton regard

Toi qui étais tu,
qui étais-tu ?

Qu'es-tu venu chercher là
si loin de ta terre natale
si loin de ta culture ?
Une meilleure solde, l'aventure ?
Que ressentais-tu en ton for intérieur
pour ce pays, son peuple, ses valeurs ?

Toi qui étais tu,
qui étais-tu ?

As-tu forcé, as-tu violenté mon arrière-grand-mère ?
As-tu forcé, as-tu violenté tes trois autres
compagnes indigènes ?
Avais-tu de l'affection pour tes nombreux enfants mulâtres ?
Aimais-tu l'épouse officielle qui t'attendait en Charente ?
As-tu su qu'elle portait un enfant que tu ne connaîtrais jamais ?
À quoi pensais-tu à l'instant où la balle a saisi ton âme ?

Toi qui étais tu,
qui étais-tu ?

Il m'arrive de sonder
si intensément
ton portrait
qu'en moi naît
la sensation de disparaître
dans tes traits

Il me semble parfois à contre-corps
et à mon cœur défendant
que tes yeux
me jettent un air complice malicieux

Alors je me raccroche à ton surnom
Atchê'kpé
«Autorité juste»
L'as-tu mérité?

L'arrière-petite-fille:
Toi qui étais tu,
qui étais-tu?
L'arrière-grand-père:
Toi qui es têtue,
ne te tais plus

Je me suis présentée à l'entrée
de mon Bois Sacré

J'ai avancé insécure
vers la forêt obscure
où pousse Généalogie

Je lui ai tendu malassure
mes questions écorchures
bruissant Originologie

J'ai entendu la sylve tonner dans ma voix :
« Toi là, colle-nous la paix !
Ne viens pas chercher piment dans notre bouche !
Quitte là !
Va là-bas chez les labassiens ! »

Alors je suis repartie avec ma bouche
et ma ravalée de mots
sourde aux paroles qui remontaient
et chuchotaient dans les branchages

Sept fois j'ai tourné autour de l'Arbre de l'Oubli

J'ai refoulé loin là-bas
loin-loin-loin
la géhenne
non – l'adéenne
tapi dans les replis de ma mémoire
congénitale

Et je me suis empêchée
de me souvenir

Trois fois j'ai tourné autour de l'Arbre du Retour

Des âmes ont frôlé mes épaules
et dans la forêt
j'ai ramassé les branches tombées
de mon arbre généalogique

Sonne l'heure où les branches

de la ramée généalogique

soufflent dans les bronches

de l'arbre respiratoire

Ancêtres, *mɛ* cé *lɛ mi, nha gente*,

Je vous invoque !

Je convoque une cérémonie Egungun onirique !

Venez à moi mes Rêves-Venants !

Voici la dynastie des Gbaguidi. Toute une lignée d'ascendants paternels de ma branche paternelle, aux origines surnaturelles et légendaires. Le premier du nom, Agba Rhako Ahossou Soha, faisait des raids nocturnes chez les Nago. Il aurait fondé le royaume de Savalou sur les ruines d'un village qu'il avait décimé. Ce royaume est devenu l'une des principales composantes d'un peuple hétéroclite fédéré par une même révolte contre le Danxomè et auquel les rois d'Abomey ont donné le nom de Mahi, les « démangés-de-la-rage ». Brocard qu'ils se réapproprieront avec panache. Toujours ils préféreront l'affrontement et l'exil à la soumission.

Venez à moi mes Rêves-Venants !

Voici Yao, l'arrière-grand-mère paternelle de ma grand-mère paternelle. Lors d'une razzia des Danmènou en pays mahi, elle a été enlevée avec son nourrisson de fille à son cou. Elles ont été débarquées de justesse d'un navire en partance pour les Antilles et achetées par le Chacha de Ouidah.

Venez à moi mes Rêves-Venants !

Voici Lokossi, la grand-mère maternelle de mon père. En l'absence de sa mère, commerçante itinérante, les Danmènou ont fait une rafle dans son village de Panouignan et les ont enlevés, elle ainsi que ses frères et sœurs. Elle devait avoir entre huit et dix ans. Elle a été convoyée à Abomey et affectée au service du prince Kondo, futur roi Béhanzin. Une nuit, dans son cortège de *hey-yi*, « petits oiseaux » éclaireurs, elle a sursauté devant un crapaud et fait tomber son lampion. À la suite de ce malheureux incident, elle n'a dû son salut qu'à l'intervention personnelle du prince héritier. Son caractère affirmé la tiendra droite sur les routes de son commerce itinérant et les chemins de sa vie centenaire.

Venez à moi mes Rêves-Venants !

Voici Jean-Marie Paul, le grand-père paternel de mon père. Administrateur français des colonies, les autochtones l'appelaient Atchê'kpé. Il a été abattu à la place du gouverneur au cours d'une révolte des Sahouè.

Venez à moi mes Rêves-Venants !

Voici Sahossi, la grand-mère paternelle de mon père. Issue de la lignée des rois de Savalou, elle a été la compagne en mariage colonial d'un administrateur français. L'avait-elle accepté ? Religieuse traditionnelle, elle a décliné la proposition qui lui a été faite de prendre la direction d'un couvent, préférant s'occuper de sa famille. Elle a alors été empoisonnée avec la complicité de proches.

Venez à moi mes Rêves-Venants !

Voici Bernard, mon grand-père maternel. Agouda, Afro-Brésilien de Ouidah et Porto-Novo ; tirailleur sénégalais du Dahomey dont la jambe a gelé une nuit au fond d'une tranchée de la Deuxième Guerre ; *Gnak* de Dakar poussé à retourner au Dahomey après les indépendances. Il a porté jusqu'à la tombe sa canne de boiteux, son silence et sa non-demande de réparations.

Venez à moi mes Rêves-Venants !

Voici Clarisse, ma grand-mère maternelle. Cap-Verdienne à la peau blanche qui a longtemps caché aux regards de sa communauté bon teint le berceau de la honte du premier de ses enfants colorés – ma mère. Elle a pourtant fini sa vie sur la terre nègre de son époux noir, et dans le cercle d'amour de toute une descendance hétérogène panachée.

Venez à moi mes Rêves-Venants !

Voici Louis, mon grand-père paternel. Mulâtre franco-dahoméen qui, avec sa fratrie, a revêtu de force le nom d'un père qui ne les avait pas reconnus. Plus tard, il s'est initié au culte Egungun. Qu'est-il allé chercher dans une relation aussi étroite avec les ancêtres ?

Venez à moi mes Rêves-Venants !

Voici Léontine, ma grand-mère paternelle. Jolie Mahi à la petite vie aussi sage que ses mains d'accoucheuse qui ont délivré bien des femmes aux quatre horizons du Dahomey. Son cœur s'est arrêté trop tôt mais lui a laissé le temps de me léguer mon quatrième prénom, Léhumi, « mon bénéfice ».

Venez à moi mes Rêves-Venants !

Ancêtres, *mɛ cé lɛ mi, nha gente*,

Que faire de vos identités non identiques ?
Comment assembler vos tesselles
pour composer ma mosaïque ?
Que faire de ces géographies familiales
qui transgressent les frontières ?
Comment me rassembler ?
À qui ressembler ?

Je vous mange tous, racines de mon arbre généalogique
à la table des réunions de vos branches déployées
farines mêlées des sèves de tous mes pays
Je vous danse tous, racines de mon arbre généalogique
sur la piste des fêtes de vos branches déployées
musiques mêlées des sèves de tous mes pays
Je vous syncrétise tous, racines de mon arbre généalogique
sur l'autel des cérémonies de vos branches déployées
divinités mêlées des sèves de tous mes pays

Vous habitez tous en moi, souverains, navigateurs,
esclaves, maîtres, colons et colonisés
et chaque soleil qui sur le jour se lève
résonne de l'unisson de vos voix
Et j'entends
Va, toi dont le sang dérègle les frontières
Et j'entends
Va, notre fille, sois le sens du non-sens
Et j'entends
Va, va, va,
et je vous habite intensément

YÉLÉLÉ POUR MES MÈRES
Lignée utérine

Je m'appelle Patricia Nadine Houéfa Léhumi Grange
fille de Sophie Marie-Antoinette Mariano
petite-fille de Clarisse de Pina et de Dohoué Léontine Covi,
dite Tinavi, Tantie Trésor
arrière-petite-fille de Maria de Pina, de Marie Nahondé,
de Lokossi Véronique Dadonougbo dite
Hey-yi, Nin-Nin et de Sahossi Thérèse Magnide

Arrière-arrière-arrière…
petite-fille dans la marche
des matriarches

Yélélé
yélé mama yélé

Elles sont mes mères, elles sont mon matrimoine
Je supporte le carcan de leurs entraves rances
Je porte le rêve épanoui de leurs espérances
Yélélé
yélé mama yélé

Elles sont mes mères, elles sont mon matrimoine
Je suis le mouton noir dont la déviance délivre
ces brebis qui n'ont pas osé être galeuses

Yélélé
yélé mama yélé
yélé

Je m'appelle Patricia Nadine Houéfa Léhumi Grange
Un nɔ nyí Patricia Nadine Houéfa Léhumi Grange
Nha nome è Patricia Nadine Houéfa Léhumi Grange
My name is Patricia Nadine Houéfa Léhumi Grange
Me llamo Patricia Nadine Houéfa Léhumi Grange
Chamo-me Patricia Nadine Houéfa Léhumi Grange
Nama saya Patricia Nadine Houéfa Léhumi Grange
Jmenuyi se Patricia Nadine Houéfa Léhumi Grange
Et tu veux m'emprisonner dans une…

CARTE D'IDENTITÉ ?

[RECTO]

Numéro de document (Pour marquer ma personne du sceau d'un « code-barres » ?)
Photo en noir et blanc (Qui ne me ressemble déjà plus)
Nom de naissance (Qui ne porte pas toutes les racines de mes héritages)
Quatre prénoms (Qui ne déploient pas toutes les branches de ma créolisation par les voyages)
Sexe (Qui ne dit pas de quel(s) genre(s) je suis)
Date et lieu de naissance
Taille en centimètres
Signature brouillée

[VERSO]

Une adresse (Déjà obsolète)

Date de délivrance et date d'expiration (L'identité a-t-elle une date de péremption ?)

Une et une seule nationalité (Implicite, voir en-tête du document)

Je refuse d'être enfermée dans un rectangle de papier
« Carte d'identité », dites plutôt « carte d'identification »
si ça vous chante
Mon identité ne saurait être déterminée par
des dates
des chiffres
des noms
des lieux

Mon identité est un serpent qui danse
faisant onduler ses anneaux en volutes imprévisibles
Mon identité est un mouvement perpétuel
Mon identité n'est pas définie
Mon identité n'est pas finie
Mon identité est infinie

Identifiez-moi si vous voulez
Imposez-moi si vous voulez
le tatouage virtuel de vos données de contrôle

Mon identité ne se fixe pas comme une image sur un négatif
Elle vous filera toujours entre les doigts

Même moi je ne la maîtrise pas

NID D'ICI
NÉE AILLEURS

Café des forêts du continent noir
et lait vierge des montagnes occidentales

Mon visage est caramel

Ma peau n'appartient pas à un monde
Ma peau appartient au monde

Je lis sur mes traits les traces de mon histoire
Je lis sur mes traits les traces de l'Histoire
de la Mémoire

Chez-moi ne sera nulle part
mais partout je serai chez moi

Mon visage est caramel

Dans mes veines les quatre coins de la terre
Dans mon cœur la voix de l'univers

Je suis un mélange de mixtures
Je suis un cocktail improvisé

Mon visage est caramel

À l'ombre de la cathédrale Saint-André
dressant fière ses pierres centenaires
au cœur de Pey-Berland
tu m'appelles « la petite Black »
Quand je plonge en balançant
mes pieds dans la poussière rouge
des rues de Cotonou
tu me chantes « *yovó, yovó*, bonsoir ! »

Mon visage est caramel

Je refuse d'être Noire
Je refuse d'être Blanche

J'ai inventé ma propre couleur
celle qui éclot au confluent des mondes

Je suis née dans la chair d'un coco
J'ai grandi sur les pétales d'un hibiscus
Je suis venue vers toi, princesse girondine
Aujourd'hui je suis amoureuse de toi, Garonne

Mon visage est caramel

Peut-être un jour je partirai ailleurs
m'inventer une autre vie

Toujours résonnera dans la peau-tambour de mon âme
les échos des mondes qui m'ont accueillie

Toujours résonnera dans la peau-tam-tam de mon cœur
les échos des mondes qui m'ont construite

Je ne renie pas mes origines
mais je ne viens pas que de là

Je suis des terres restées accrochées à mes pieds
Je suis le vent des cultures qui m'inspirent
Je suis la tempête sans fin des questions existentielles

Mon visage est caramel

Je refuse d'être Noire et je ne suis pas Blanche
Je suis au confluent des traditions humaines
Je suis le carrefour de l'harmonie des peuples
Je n'ai pas de culture
je suis toutes les cultures

Mon visage est caramel

Je ne suis ni d'ici ni d'ailleurs
j'ai fait mon nid ici mais je suis née ailleurs
Je suis
Nid d'Ici Née Ailleurs

AJNABEEYA

Ajnabeeya, ajnabeeya, ajnabeeya

Ajnabeeya je cherche mon sol
Ajnabeeya je cherche ma terre
Ajnabeeya je cherche ma place

Ajnabeeya, ajnabeeya, ajnabeeya
Étrangère, étrangère, étrangère

Étrangère de ce côté
Étrangère de l'autre côté
Étrangère, *stranger, extranjera, toɖěvomɛnù, ajnabeeya*

Ajnabeeya, ajnabeeya, ajnabeeya

Étrangère dans vos yeux, dans vos cœurs, *ajnabeeya*
Ajnabeeya dans vos rires qui me raillent, étrangère
Étrangère face aux portes restées closes, *ajnabeeya*

Étrangère, étrangère, étrangère

Ici comme là-bas
I belong to nowhere
Comment choisir entre père et mère

Ajnabeeya, ajnabeeya, ajnabeeya

Ajnabeeya je cherche mon sol
Ajnabeeya je cherche ma terre
Ajnabeeya je cherche ma place

Ajnabeeya

Étrangère me créer une patrie
Étrangère déplacer sans cesse mes frontières
Étrangère composer avec mes espaces

Étrangère
Ajnabeeya, ajnabeeya, ajnabeeya

Ajnabeeya je compose avec mes héritages
Ajnabeeya je compose avec mes espaces
Ajnabeeya je recompose mon univers

Ajnabeeya, ajnabeeya, ajnabeeya

Ajnabeeya je te fais mien, mot étrange, *ajnabeeya*
Ajnabeeya je t'habite, mot étrange, *ajnabeeya*
Ajnabeeya je m'affirme étrangère, sans frontières, singulière,
ajnabeeya
Ajnabeeya
Ajnabeeya
Ajnabeeya

FRUIT ÉTRANGE

Tu dis que
Je suis ta copine Oreo, ton amie vanille-chocolat
ou Tu dis que
Je suis une Bounty : noire à l'extérieur, blanche à l'intérieur
Tu dis que
Tu nous places en damier pour éviter qu'on discute en classe
Ils disent que
Les métis sont des déracinés

Tu dis que
Toi aussi tu aimerais être *un peu* métisse et bronzée toute l'année
Il dit que
Je devrais aller faire défriser mes cheveux crépus
Vous dites que
La France a bien trop déteint sur moi

Ils disent que
Les enfants métis sont l'avenir du monde

Tu dis que
Tu me trouves un peu blanche dans mon attitude

Vous dites que
Les métis sont des apatrides

Tu dis que
Mon homme n'a de blanc que la peau

Il dit que
Ma famille est assimilée

Elle dit que
Mon amie est une Blanche au cœur coloré

Tu dis que
Oui, d'accord, t'es Française, mais tu viens d'où ? De quelle origine ?
ou Tu dis que
Non, c'est pas possible, je ne peux pas être béninoise

Ils disent que
Les Noirs ne peuvent pas être végétariens

Vous dites que
L'homosexualité est une maladie de Blanc
Il dit que
Les Noirs, ils aiment pas trop les chiens et les animaux, non ?

Elle dit que
Une Noire est faite pour porter des enfants

Tu dis que
Une Noire ne peut pas être ce que je suis

Ils disent que
Les métis sont acculturés

Elles disent que
Les métis sont des traîtres

Elle dit que, vous dites que, il dit que, tu dis que, iels disent que
les métis… les métis… les métis…

Je vous dis que
ma couleur
je l'ai dans la peau
Mais
je ne suis pas
la couleur de ma peau

MES TISSAGES

Je suis *kanvɔ*
tecido
tissu

Mes fils s'entrelacent
tons-contrastes
Mes fils s'entrecroisent
dissonuances

Bas-reliefs de panthéons multicolores
sur fond latérite des temples

Vaudou paré d'huile rouge
& précieux sang du Christ

Aluwasio & Alléluia !

Rondes, *tchinkoumè, agbadja, batuku & morna*

Français, saintongeais, fon, mahi,
yoruba & kriolu de Cabo Verde

Wax, *batik*, *lessi* et *aso oke* chamarrés,
vif *èlu* & dentelles immaculées

Aluwasio & Alléluia !

La trame de mon histoire est parcourue de chaînes
La chaîne de mes histoires me trame

Je suis tissage imprégné de tous ces pi(g)ments
Insolent *asansan*

ET ALORS ?

Peau blanche, peau noire
peau colon-colonisée
Métisse, et alors ?

Il y a des images en rafale qui font frémir mes pores
des lointains intimes tout au long de mon corps
Il y a sous mon épiderme carnation oxymore
des mondes étrangers qui s'accouplent encore et encore

Une petite fille mahi née dans le giron des collines bleutées
allaitée au souffle apaisant d'Anaklé et d'Anadjagoun
enlevée à fleur de nubilité pour servir à la cour d'Abomey
La fillette du pays bleu crie dans mon sang
Ne pleure pas, tu seras mon arrière-grand-mère

Métisse, et alors ?

Un homme quitte le berceau verdoyant de la Charente
sur le bateau qui vogue vers les colonies
Il se créera deux vies par-dessus mer et océan
L'homme aux fières moustaches du pays vert
saigne dans mes veines
Dors en paix, tu seras mon arrière-grand-père

Peau colon-colonisée

Sa langue est aussi incandescente que le feu tapi
au ventre du volcan assoupi
dont les cendres fertiles ont fait germer Clarisse
La femme ardente du pays des laves
danse une *morna* qui accompagne mes pas
Sois sereine, grand-mère, tes paroles m'ont portée dans mes choix

Métisse, et alors ?

Des sangs non miscibles partagent le souffle
de leurs corps-à-corps
sur ma peau caramel que le soleil dore
D'infinis paysages humains ont engendré la flore
de ma couleur étrange où l'amour dort

Peau blanche, peau noire
Peau colon-colonisée
Métisse, et alors ?

CAPILLARIDENTITÉ

Couettes, peuf et nattes à rubans
akouété, *dokɔ́* et tresses au fil
mes cheveux libres de petite fille

Tirés, lissés, défrisés,
longs léchant la peau
de mon dos de jeune fille

Oubliés, malmenés, abandonnés
suppliciés du froid sec et de l'eau calcaire
de mon exil étudiant

Défrisés, tressés, cassés,
tissés, coupés, teints
cachés, étouffés des rajouts et artifices
de mes errances de jeune femme

Mes cheveux, pauvres choses dévitalisées
lianes sèches, sans âme, presque mortes
marquées du fer d'un esclavage
désiré et consenti

Le miroir me gifle d'une parure capillaire
étrangement étrangère
qui ne fait déjà plus partie de moi

Couper ! Couper ! Couper !
Me séparer de cette texture où je ne me reconnais plus !

Couper ! Couper ! Couper !
Laisser tomber ces touffes artificiellement lisses !

Couper ! Couper ! Couper !
Me libérer des longueurs d'une adolescence trop étalée
éparpillée sur les chemins d'une identité à trouver

Et accepter enfin que cette forêt équatoriale
me rampe sur le crâne, souple et dense !
M'accepter enfin jusqu'à la racine !
Jusqu'aux racines

WÀ NYǮ DÀ NÚ MÌ

Elle me tresse
Je sens ses doigts
tirer sur mon crâne
Je sens ses mains voler
tout autour de ma tête

Elle me tresse
et infuse l'intimité
dans ce contact étroit
de peau à peau
dans le silence

Le tableau de ma coiffure a un sens
aujourd'hui un peu oublié
Ainsi couronnée, de quelle ethnie suis-je ?
Suis-je fille, jeune femme, mère ou vieille sage ?
Mon cœur est-il en fête ou à la peine ?
Ainsi parée, de quelles provisions suis-je porteuse ?
Graines de riz ou de haricot ? Boutures de manioc ou de maïs ?
Vers quel marronnage conduit ma carte capillaire ?
Coiffure protectrice
de veilleuses insoumises

Elle me tresse
Elle dessine des motifs
Elle trace des arabesques
transmis de femme à femme
de génération en génération

Elle me tresse
Elle tisse un à un
cheveux et mèches
elle me natte une sculpture
mémoire de gestes ancestraux

CALLIPYGE

Je regarde mon corps nu

dans le miroir

et je t'aperçois

flottant sur mes courbes

Sawtche

Et je reçois en pleine face

le crachat de leurs regards

et je vomis à plein cœur

l'insulte de leur curiosité malsaine

plantée poignard en ma chair

Et je me redresse

croupe fière

plantureuse, généreuse

guerrière armée de mon corps !

Cambrée, fessue, callipyge

héritière des déesses grecques

fille de Botero

descendante de la Vénus noire

Cambrée, fessue, callipyge

bien assise sur mon bassin

au cœur de mes émotions

au sacré de mon sacrum

Ma métissité
déboussole
Son magnétisme
attire tous les pôles
Ma métissité
décontenance
tel l'entre-chien-et-loup
du crépuscule du matin et du demi-jour du soir
heures qui estompent les contours
fondu au flou sur les repères
On se méfie de ma métissité
comme on se défie des intermédiaires
des interprètes
des traducteurs
de la fluidité aux allures transfuges

Pourtant ma métissité
est impartiale
parce qu'elle n'est d'aucun des deux côtés
parce qu'elle est des deux côtés

Quand
Lionel Zinsou veut devenir
président de la République au Bénin

Quand
Pap Ndiaye est nommé
ministre de l'Éducation en France

Il y a des dents qui grincent
agacées par la peau impossible
de ces infrutescences composites

Pas assez Noir
Trop Noir
Pas assez Blanc
Trop Blanc

C'est mon visage souillé
du crachat
xénophobe
de ces morsures
racistes

C'est ma chair taraudée
par la vrille lancinante de ce foret

Pourquoi nous mettre ainsi à la torture?

Est-ce un crime de naître métis·se?

Aux Z de toutes générations

et autres tristes gribouilleurs

qui veulent repeindre

les arcs-en-ciel

en noir et blanc

les nuances

persistantes, résistantes

toujours prennent leur revanche

Tirant son irrévérence

de tout son panache

Joséphine BaCœur

vous emplume

Je ne suis pas moitié Africaine, moitié Européenne
Je ne suis pas moitié Béninoise, un quart Française
et un quart Cap-Verdienne

Je ne suis pas la recette mesurée
du fantasme d'un «*joli* métissage»

Arrêtez de me mettre en morceaux
sur la table à disséquer
au scalpel de concepts étroits

Je ne suis pas un degré de mélanine
sur le nuancier du colorisme

Je ne suis pas moitié, moitié
Je ne suis pas ni, ni
Je n'ai pas le cul entre deux chaises

Je ne suis que &
Je ne suis que trait d'union

Je suis un être entier
bien assise
dans mon identité

Hashtag Binationale
Hashtag Trinationale
Hashtag Française ET Béninoise ET Cap-Verdienne
N'en déplaise à celles et ceux
que les étranges dérangent
qui trouvent une odeur rance aux nuances
par les ici et les ailleurs

Nous sommes légion de comme moi
et nous ne choisirons pas

Il est trop tard pour la souche
à laquelle vous vous agrippez pitoyablement

Depuis bien longtemps elle accouche
d'arbres aux fruits étranges bien vivants

Bariolés, bigarrés, chamarrés
nous sommes légion d'hybrides panachés

Nous n'avons pas demandé à venir en ce monde
mais nous ne nous en excuserons pas

Vous refusez de voir advenir ce monde
mais ses fervents ferments vous décomposent déjà

Nous ne courberons pas le dos
Nous ne baisserons pas les yeux
Nous ne tairons pas nos voix
Nous existons
et nous ne nous laisserons pas amputer

Nous ne vivrons pas à demi

S'en mêler
sans mêler
sans mêlée
sens mêlés
s'emmêler
cent mêlés
cent mêlées
sangs mêlés
Sang-mêlé

Je ne suis pas
un plaidoyer
en faveur du vivre-ensemble
Je ne suis pas
un slogan
du faire-nation
Je ne suis pas
une punchline
pour uppercuter debout le chaos

Ni condamnation
Ni apologie

Ne m'enfantez pas
par idéologie

Je ne veux être cousu·e que d'amour

NOTES

(Par ordre d'apparition dans le recueil)

Dans le poème « Pigments » :

- Dangbé est le dieu serpent, le python. *Dan* signifie « serpent » en langue fon du Bénin.
- Le motif que je trace dans ce poème, celui des serpents dans le ventre rond de leur sanctuaire (évocation du temple des Pythons à Ouidah) est un clin d'œil inversé à l'ancien nom du Bénin, le Dahomey, lui-même calqué sur le nom de l'ancien royaume de Danxomè, qui avait pour capitale Abomey. *Danxomè* signifie « dans le ventre de Dan », on pourrait être tenté de traduire par « dans le ventre du serpent ». Mais une légende raconte que l'origine de ce nom n'a rien à voir avec cet animal. D'après celle-ci, le roi Akaba, quatrième roi de la dynastie d'Abomey, aurait voulu s'approprier des terrains appartenant à un souverain local nommé Dan. Mais lors des négociations, Dan, jugeant Akaba trop gourmand, lui aurait répondu de façon sarcastique : « À force de bâtir de tout côté, vous allez finir par bâtir

dans mon ventre.» Akaba, n'ayant pas goûté l'offense, aurait pris son interlocuteur au mot. Il l'aurait tué, aurait étendu sa dépouille dans une fosse et bâti son premier palais par-dessus, «dans le ventre de Dan».

Dans le poème «Ombilic»:

– L'île de Fogo («feu» en portugais) est l'une des îles de l'archipel du Cap-Vert. C'est sur cette île que se trouve le Pico do Fogo («pic/sommet de feu»), le plus grand volcan actif de la région. Fogo fait partie du groupe des îles de Sotavento («sous le vent») de l'archipel.
  On dit que la traite négrière serait née au Cap-Vert. Il est attesté que l'archipel a joué un rôle de tête de pont dans ce commerce, favorisé par sa position géographique stratégique.
– *Cabelo bonito suma maria condom* signifie «des cheveux aussi beaux que ceux de Maria Condom» en kriolu du Cap-Vert. Maria Condom est le nom que les Cap-Verdiens ont donné à la figure mythique, légendaire de la sirène. Ma grand-mère disait que cela portait bonheur de la voir en rêve. Elle disait aussi que cela pouvait attirer la fortune de trouver sur la plage un objet ayant pu lui appartenir, un peigne, par exemple.

- La *coladeira* est un genre musical du Cap-Vert, une version accélérée, plus dansante, de la *morna*.
- Le *cachupa* est le plat national du Cap-Vert. Sa base est un ragoût de haricots et de maïs. On y ajoute, en fonction de ce dont on dispose, des légumes, des tubercules, de la viande de porc et de la charcuterie. Il y a aussi des variantes au poisson.

Dans le poème « EIA ! Chant pour l'Agouda » :

- Le terme Agouda ou Afro-Brésilien désigne les communautés afro-descendantes de Portugais et de Brésiliens venues ou revenues s'installer au Bénin et dans la sous-région. En effet, ce terme regroupe aussi bien des descendants d'anciens négriers portugais ou brésiliens que des descendants d'anciens esclaves africains revenus du Brésil à partir de 1835, qu'ils aient été affranchis ou expulsés après les émeutes de Bahia. N'ayant que peu d'éléments concernant mon ascendance maternelle au-delà de mon grand-père et de ma grand-mère, j'ai imaginé ce récit pour donner chair à cet aïeul de mon grand-père maternel. Le seul élément dont je dispose avec certitude concernant ce dernier, c'est qu'il appartenait à la communauté des Agoudas.

– « EIA » est bien entendu une évocation du cri d'Aimé Césaire qui traverse son *Cahier d'un retour au pays natal.*

– Le peuple idaasha s'est constitué, vraisemblablement entre le XVe et le XVIIIe siècle, à la suite de vagues successives de migrations de populations qui fuyaient les conflits incessants entre les grands royaumes d'Afrique de l'Ouest, notamment entre le Danxomè et Oyo (actuel Nigeria). Il s'agissait, pour l'essentiel, de transfuges de villes et de royaumes situés sur le territoire du Nigeria. Ils se sont installés dans le centre-sud du Bénin actuel, dans la région dite des 41 collines, dont les nombreuses grottes étaient autant de refuges pour tenter d'échapper aux raids. Sur place, ils se sont mêlés à d'autres populations.

– *Agojie* est le nom du corps de femmes guerrières du royaume du Danxomè. Ce sont les colons occidentaux qui, après avoir éprouvé leur courage et leur audace sur le champ de bataille, les ont surnommées « amazones ». Elles deviendront particulièrement célèbres après l'affrontement entre les troupes de Dodds et les forces armées du roi Béhanzin, qui opposera une résistance acharnée et imprévue à l'invasion française. Les *agojie* ont joué un rôle majeur dans cette résistance.Ces femmes étaient, pour l'essentiel, recrutées parmi les captives. Toutes étaient considérées comme appartenant au roi d'Abomey. Elles étaient à ses ordres et, à ce titre, elles ont aussi mené des razzias en vue d'alimenter la traite négrière.

- Agadja : cinquième roi de la dynastie des rois d'Abomey (1711-1740) au Bénin qui a organisé et développé le commerce d'esclaves à Ouidah en échangeant des captifs, souvent prisonniers de guerre, contre des fusils, des pipes, des perles, des tissus et autres objets de pacotille.
- Place Chacha : place de la ville de Ouidah au Bénin, sur laquelle les captifs étaient vendus aux enchères aux négriers venant principalement de la France, du Portugal, de l'Angleterre et des Pays-Bas. Chacha était le titre donné au représentant du roi d'Abomey à Ouidah.
- Zomaï : « là où il n'y a pas de lumière » en langue fon du Bénin. Principal lieu où, une fois vendus, les esclaves étaient enfermés pendant trois jours dans des cases très basses (on ne pouvait pas s'y tenir debout), sans aucune fenêtre, dont l'entrée était obturée de façon à ce qu'ils se retrouvent dans les ténèbres. En sortant, ceux qui avaient survécu étaient désorientés et obéissants.

- Arbre de l'Oubli : rituel institué durant lequel les hommes devaient tourner neuf fois et les femmes sept fois autour de cet arbre, sur la route les menant de Zomaï à la plage, vers les navires négriers. Ce rituel était destiné à leur faire oublier tout de leur pays, de leur identité culturelle, et surtout à leur faire perdre leurs repères pour les rendre plus dociles sur cette route. Cet arbre a été planté en 1727 par le roi Agadja lui-même. À cet endroit à Ouidah se dresse aujourd'hui une statue de sirène qui représente la divinité vaudou Mami Wata mais rappelle aussi les figures de proue qui ornaient de nombreux navires. Elle symbolise la mer et le départ.
- Arbre du Retour : rituel institué durant lequel tous les captifs vendus tournaient trois fois autour de cet arbre pour se donner l'espoir d'un retour spirituel vers leur terre.
- Shango : nom yoruba de la divinité vaudou du tonnerre et de la foudre. Son nom fon est Hêviosso.
- Ogoun : nom yoruba de la divinité vaudou du fer, des forgerons, des guerriers et des chasseurs. Son nom fon est Ogou.

- Ouidah : ville historique du sud du Bénin d'où partaient les esclaves, mais aussi berceau du vaudou et ville abritant la forêt sacrée du roi Kpassè.
- Porte du Non-Retour : imposant mémorial érigé sur la plage de Ouidah en mémoire des esclaves. Arrivés à cet endroit, ils jetaient un dernier regard sur leur terre et ils savaient qu'ils la voyaient pour la dernière fois.
- Route des Esclaves : route de terre d'environ quatre kilomètres, reliant la place Chacha à la plage de Ouidah, qu'empruntaient les esclaves avant d'être embarqués dans les navires négriers. Aujourd'hui lieu de souvenir, de mémoire, de commémoration et de pèlerinage. (Il s'agit uniquement ici de la portion finale de la route, à Ouidah. Il faut avoir à l'esprit que les captifs étaient convoyés depuis Abomey, à plus d'une centaine de kilomètres de Ouidah.)
- Zomachi : « là où la lumière ne s'éteint pas » en langue fon. Lieu où se trouve la fosse où étaient jetés ceux qui ne survivaient pas aux jours passés à Zomaï. Aujourd'hui s'y dresse une stèle. C'est un lieu de silence et de recueillement. On y entretient une lumière allumée de façon permanente.

Dans le poème sur les Rêves-Venants :

- Egungun est un mot yoruba qui désigne aussi bien le culte, les masques et la cérémonie des ancêtres que les ancêtres eux-mêmes. En fon, on l'appelle Kulito, et en goun, Kuvito.
- Le terme danmènou désigne les gens du royaume de Danxomè.
- Dans le chapitre consacré à Lokossi, l'une de mes arrière-grands-mères, j'évoque un « cortège de petits oiseaux *hey-yi* ». Lors des déplacements du prince héritier, des jeunes filles le précédaient pour écarter la foule sur son passage en poussant des cris semblables à ceux de petits oiseaux. On les a donc surnommées « *hey-yi* », ce qui signifie « p'tit oiseau ».
- Au Sénégal, *gnak* est un terme péjoratif pour désigner les Africains non Sénégalais, ceux qu'on estime ne pas appartenir à la même communauté que soi, ceux qui ne sont pas « civilisés ».

Dans le poème « Nid d'ici Née ailleurs » :

- *yovó*, littéralement « esprit rouge », désigne un Blanc ou une Blanche en langue fon du Bénin.

Dans le poème « Mes tissages » :

- *kanvɔ* signifie « pagne tissé » en langue fon du Bénin.
- *tecido* signifie « tissu » en portugais.
- *Aluwasio* est une acclamation en langue fon du Bénin.
- Le tchinkoumè est un rythme funéraire originaire de la région de Savalou au Bénin.
- Le agbadja est un rythme de réjouissance commun au Bénin et au Togo.
- Le batuku est tout à la fois un rythme musical, un chant et une danse du Cap-Vert, dans lequel les percussions ont une place centrale. Traditionnellement, il est uniquement exécuté par des femmes. Il est dit qu'il a joué un rôle dans les résistances au temps de l'esclavage et de la colonisation.
- La morna est un rythme nostalgique du Cap-Vert. C'est le rythme de la sodade. Il a été popularisé par Cesária Évora.
- Le fon, le mahi et le yoruba sont des langues parlées au Bénin. Le fon est parlé dans le sud ; le mahi dans la ville de Savalou et ses environs ; le yoruba est essentiellement parlé à l'est, et c'est également la langue principalement parlée au Nigeria.

– Le kriolu est le créole portugais parlé au Cap-Vert.
– *Wax*, *batik*, *lessi* et *aso oke* sont différents types de tissus portés au Bénin et dans la sous-région.
– Le terme fon *ɛ̀lu* désigne l'indigo : la plante, mais aussi les tissus que l'on teint avec.
– Le terme fon *asansan* désigne un assemblage, sorte de patchwork, composé de plusieurs pagnes/tissus différents.

Dans le poème « Et alors ? » :
– Les Mahi sont un peuple du Bénin.
– Anaklé et Anadjagoun sont deux collines jumelles situées à une quinzaine de kilomètres de Savalou au Bénin.
– Abomey est une ville du Bénin. C'est la capitale de l'ancien royaume du Danxomè (qui a donné son nom au Dahomey).

Dans le poème « Capillaridentité » :
– Les mots peuf, *akouété* (« toupie » en langue fon du Bénin) et *dokɔ́* (« beignet » en langue fon du Bénin) désignent différents types de coiffures.

Dans le poème «*Wà nyɛ̌ dà nú mì*»:

– Le titre signifie «Viens me tresser» en langue fon du Bénin.

Dans le poème «Callipyge»:

– Sawtche est le vrai nom de Saartjie Baartman, connue sous le surnom de «Vénus hottentote».

Merci à mon oncle, Alain Grange, qui a éveillé ma curiosité pour notre arbre généalogique et mon ascendance.
Merci à mes parents, Sophie et Michel Grange, pour leur patience et le temps passé à répondre à mes nombreuses questions. Ces moments me sont précieux.
Je dédie ce recueil poétique à mes sœur et frère qui partagent mon histoire, mais également à mon cousinage, à l'ensemble de ma famille « en diaspora éparpillée ».
Avec affection, avec amour.

De la même autrice

VENTRES, SONS CREUX
Éditions Vertébrale – 2013

LE DIT DE LA CUEILLEUSE
Ngo Éditions – 2017

COULEURS DE MOTS SUR LE BÉNIN
Éditions Lamarque – 2020

CETTE MALAISIE LAH !
Éditions Gope – 2020

DANS LA MÊME COLLECTION

AKHENATON
La Faim de leur monde

DOMINIQUE ANÉ
Le Présent impossible

BAPTISTE BEAULIEU
La Joie et le Reste

CLÉMENTINE BEAUVAIS
Décomposée

PAULINE DELABROY-ALLARD
Maison tanière

PAULINE ET ANOUK DELABROY-ALLARD
Enracinées

LILIA HASSAINE
Des choses sans importance

NANCY HUSTON
Choses dites

JULIA KERNINON
Yoko Ono

TILL LINDEMANN
Nuits silencieuses (traduit par Emma Wolff)

LISETTE LOMBÉ
Brûler, brûler, brûler

MATHIAS MALZIEU ET DARIA NELSON
Le Dérèglement joyeux de la métrique amoureuse

DORIAN MASSON
Plus de likes que d'amour

SUSIE MORGENSTERN
Je suis un génie

ARTHUR NAVELLOU
J'envisage l'impossible

SYLVAIN PATTIEU
En armes!

COLINE PIERRÉ
Une grammaire amoureuse

BAPTISTE PIZZINAT
Womanizer

SUZANNE RAULT-BALET
Des frelons dans le cœur

Couverture et conception graphique : Quintin Leeds
Révision : Alice Posière et Anaïs Pournin
Photogravure : Point 11

L'Iconoclaste
26, rue Jacob, 75006 Paris
Tél. : 01 42 17 47 80
iconoclaste@editions-iconoclaste.fr
www.editions-iconoclaste.fr

Achevé d'imprimer sur les presses de Corlet
à Condé-en-Normandie (Calvados) en août 2023.

ISSN : 2779-9050
ISBN : 978-2-37880-381-0
N° d'impression : 23070166
Dépôt légal : Octobre 2023

L'Iconopop

Des textes brefs, intimes
et percutants
Des formes libres et variées
Cris de colère, récits ou poésies

Une littérature d'aujourd'hui
Crue et sans tabous

À lire, à dire
À écouter
À vivre sur scène

Une collection dirigée
par Cécile Coulon
et Alexandre Bord